풋풋한 우리들의 시간들

교과연계

중등국어 1학년 1단원 아름다운 표현(천재교육)

중등국어 2학년 6단원 깊고 넓은 이해(비상)

중등국어 3학년 1단원 문학의 가치(천재교육)

고등국어 1학년 1단원 문학이라는 이름의 나무(금성출판사)

고등국어 1학년 II. 출발, 문학 세계 여행(좋은책신사고)

고등국어 1학년 1단원 시와 서정(지학사)

청소년 권장도서 시리즈 2

풋풋한 우리들의 시간들

2018년 11월 28일 초판 1쇄

글 김경구 그림 이효선

펴낸이 김숙분 디자인 김은혜·김바라 영업·마케팅 이동호

펴낸 곳 (주)도서출판 가문비 출판등록 제 300-2005-60호

주소 (06732) 서울 서초구 서운로19, 1711호(서초동, 서초월드오피스텔)

전화 02)587-4244~5 팩스 02)587-4246 이메일 gamoonbee21@naver.com

홈페이지 www.gamoonbee.com 블로그 blog.naver.com/gamoonbee21/

제조국 대한민국 사용 연령 8세 이상

주의사항 종이에 베이거나 긁히지 않게 조심하세요.

ISBN 978-89-6902-192-2 43810

풋풋한
우리들의 시간들

김경구 지음 · 이효선 그림

가문비
틴틴북스

'유치'를 거꾸로 하면 '치유'…

우리 지금, 메모 하나 남기기로 하는 건 어때요?
휴대폰 메모함에 톡톡 쓰는 것도 좋지만
오늘만큼은 연습장에 써도 좋고요.
아무 공책이나 꺼내 뒤쪽에 써도 좋아요.
아무러면 어떻겠어요.
지금 이 순간, 풋풋한 우리들의 시간들을
남겨 보는 거예요.
지금 쓰고 며칠 후에 보면 좀 유치할 수도 있겠지만…
먼 후일 살다 보면 상처 받고, 힘들고 지칠 때가 있을 거
예요.

그럴 때 오늘의 메모를 보면 알 거예요.

'유치'는 이 세상에 가장 아름다운 '치유'가 될 거라는 사실을요.

자 – 메모할 준비됐나요?

저도 같이 써 볼게요.

가을은 그냥 외로우면서도 참 좋다.

빼곡 들어차 노랗게 흔들리는 은행잎

그 사이로 빼꼼 보이는 파란 하늘 몇 점도

그러다 바람에 우수수 떨어져 내린 은행잎

그 사이를 까치발로 걷는 것도

커피 한 잔 들고

공원 의자에 혼자 앉아 두 발을 위아래로 천천히 흔들며

파란 하늘을 올려다보는 것도

한참을 앉아 있다 보면

온통 번지는 저녁노을도

좋다, 참 좋다

더러는 가슴 한쪽이 찌릿, 하거나

울컥, 두 눈이 시리기도 하지만

이 순간이 좋다

저는 지금 이렇게 써 봤는데
여러분들은 어떻게 썼나요?
풋풋한 시간들 중 한 부분이
밤하늘의 별처럼 반짝이며 자리를 잡고 있을 거예요.
꽃 같은 향기로움을 품고서요.

잊지 마세요.
살다 살다 삶의 상처로 휘청거릴 때
문득, 울컥 신호가 올 때면
지금 쓴 낙서 같은 메모
'풋풋한 우리들의 시간들'을 꺼내 읽어 보세요.
그리고 눈을 감고 귀를 기울여 보세요.
지금의 '유치'가 가슴 벅찬 '치유'로 감싸 안을 거예요.
그리곤 신기하게 온몸에 푸릇푸릇 힘이 연둣빛 새싹처럼 돋아날 거예요.

이번 청소년 시집에
마음을 담아 주신 분들이 참 많네요.
가문비 출판사와 가족들, '좋은인상' 청소년 친구들,
제 글에 날개를 달아 주신 김호성 선생님,

삽화 하나하나에 애정을 담아 주신 이효선 선생님,

멀리서 이번 책을 많이 기다리는 우리 지우, 모두들 고마워요.

그리고 행복한 기적을 보여주신 하나님께 감사드려요.

또 다른 시간을 꿈꾸는 날…

김경구

차례

1부 - 봄, 고민

2부 - 나 뒷담화 이렇게 거부한다

3부-검은 롱 패딩이 만들어 낸 뉴스

제 1 부

봄, 고민

줄 달린 인형

인형을 만들고
양 손과 발에 줄을 길게 묶고
위에서 잡아당겨 몸동작을 하지

어렸을 적엔
정말 재미있어 푹 빠져 들었어
인형극 속의 주인공 인형이 되고 싶었어

얼마나 간절히 원했을까
지금의 내가 딱 그 인형이 되었어

누군가 하루 종일
줄을 잡아당기지

피시방 가고 싶을 때
확!
아주 잠깐 코인 노래방 가고 싶을 때
확!
학원 빠지고 친구랑 시내 구경 가고 싶을 때
확!

어찌 그리 잘 알고
팽
팽
팽
줄을 잡아당기는지
팔이나 다리 하나가 쑥 빠질 것만 같아

후유증

달리기 하다 넘어진
무릎의 상처

붉은 상처
딱지가 꽃잎 같다

얼마 후 새살 돋듯
헤어진 너와의
내 가슴 상처

아파 죽겠는데
새살이 돋아 처음으로 가듯
나도 그렇게 될 줄 알았는데

붉은 상처는
꽃잎처럼 사방에 번져
향기에 숨이 막힌다

풋

풋과일
풋사랑

풋,
너만 보면
웃음부터 새어 나와

풋
풋
풋

풋풋한 우리의 시간들
푸릇푸릇 자라는 지금
우리는 푸른 나이야

아버지, 나도 부르고 싶다

아빠
아버지
나도 부르고 싶은데
한 번도 부르지 못했다

쉬지 않고 무쇠처럼 일해
깽마른 엄마
내 살이라도 떼어내 줄 수 있다면

잠자는 것도 아까워
집에서는 부업까지 달고 살던 억순이 엄마

엄마 혼자 나 키운 겹겹의 시간들
힘겨움의 삶을 달고 사셨을 엄마

그래도 그리웠던 아빠
단 한 번이라도 보고 싶었던 아버지

먼 곳으로 다시 돌아올 수 없는 곳으로
여행을 떠나신 아버지
거울 속 멍하니 들여다보며 불러본다

아
버
지
그곳에선 아프지 않으신가요?

재
만
아
가끔은 제 이름을 부르지 않나요?

봄, 고민

바람이 많이 분 오후
그리고 멈춘 저녁

놀이터 벚꽃나무 아래
연분홍 벚꽃잎이 많이 떨어졌다

꽃잎을 모아
큰 꽃잎 하트를 만들었다

휴대폰으로 찰칵!

보낼 사람이 없다는 게
이 봄 고민

나의 소망

에취에취
콜록콜록

감기의 나쁜 균
바이러스

좋아하는 내 마음
감기처럼
그 애한테 꽉 붙어
확 번졌으면

아주아주
오래오래 앓았으면

네 생각으로 잠이 안 올 땐

양 한 마리, 양 두 마리, 양 세 마리… 양 열 마리……양
백 마리………양 삼백 마리………

잠은 오지 않고
눈만 말똥말똥
점점 들려오는
양 울음소리

잠이
더
안 와

양 오백 한 마리, 양 오백 두 마리, 양 오백 세 마리… 양
육백 마리……양 구백 마리……

아!
이젠
양 얼굴이
모두 네 얼굴로 보여

잠들긴 틀렸다

우리 가족 소개

하나. 무서운 무기

북한도 덜덜
떨게 한다는
외계인도
침략하지 못하게 한다는

나
중2

둘. 무서운 폭탄?

걸어 다닐 때
까치발로
살살
문 열 때
살살

텔레비전 볼 때도
살살
방귀 뀔 때도 눈치 보며
살살

우리 집은 언제 터질지 모르는
늘 비상상태
우리 누나
고3

셋. 무서운 무기와 폭탄을 가진 부모님

이 세상에서 가장 든든할 것 같은데
살도 좀 빠지고
다크서클도 좀 생기고…

무기와 폭탄
말짱 꽝!

나를 울린 3만 원 – 마지막 담배

전학 가고 일주일 후
우연히 길에서 만난 작년 담임선생님
마침 점심때라 잘 됐다며
내 손을 덥석 잡고
끌고 들어가는 바로 옆 칼국수 가게

매운 칼국수
담임선생님도 나도 후끈후끈
땀까지 흘리며 먹는다

다 먹고 칼국수 가게를 나오다
잠깐 기다리라며
바로 옆에 서점에 들러
책 한 권 사서 나오셨다

"자, 받아라,
아참, 이젠 담배 안 피우지?"
대답 없이 고개 숙인 나에게

어깨를 툭, 치셨다.

선생님께 꾸벅 인사하고
집으로 돌아오다가 무슨 책인가 펴보았다

작년 국어시간 좋아하는 시 한 편 낭송하기
내가 낭송한 흔들리며 피는 꽃이 있는 시집이었다

그리고 책갈피 사이에서
툭, 떨어진 3만 원
그날 밤 나는 빈 집 마당에서 쪼그리고 앉아
달 보며 울었다
마지막 담배라고 다짐하며
달 보며 울면서 피웠다

달이 여러 겹으로 출렁거렸다
달 속에서 선생님의 얼굴이 보였다

운다, 빛나고 싶다

살다 보면
답답할 때가 있더라
억울해서 미칠 때도 있더라
참아야만 할 때도 있더라

숨 쉬는 게 기계 돌아가는 소리보다 더 크게 다가와 나
를 덮어버린다

한여름 아무도 없는 공원에서
매미가 운다
악을 써대며 운다
이럴 땐 모자 푹 눌러쓰고 나도 운다

그러다 잠시 후
갑자기 쏟아지는 세찬 소나기
후드득후드득 소나기 맞으며 소리 내어 운다

안에 감춰 놓았던 것들
눈물이 다 갖고 나왔을까, 시원해졌다

여름 해가 조금씩 제 모습을 드러낸다
해가 밝게 웃는다
나도 이젠 빛나고 싶다
어렵겠지만 조금씩 아주 아주 조금씩

향수

기숙사에서 몰래
라면 끓여 먹기
치킨 시켜 먹기

냄새 없애기 시작!

칙칙칙칙   칙칙칙칙
   칙칙   칙칙
    칙칙   칙칙
     칙칙   칙칙
      칙칙 칙칙
     칙   칙칙   칙
       칙칙
        칙
        칙
        칙
        칙

아끼던 향수
방 안에 가득

우리는 향수 머금은 꽃
아니, 라면에 치킨 먹은
꿈을 피워 올릴
꽃 중의 꽃

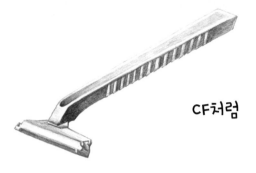

CF처럼

일회용 면도기로
처음 면도를 했다

CF처럼
부드러운 음악을 틀어 놓고
멋진 표정을 지으며
보글보글 구름거품을 바르고
쓰윽쓰윽
쓰윽쓰윽

윽!
짧은 묘한 시림
피가 난다

커 가는 건
나름 시련이 있구나

노총각 삼촌이 알려준 아재 개그

도둑이 제일 좋아한다는?
이미 나온
보석바

도둑이 제일 싫어한다는?
이미 나온
누가바

커플들이 제일 좋아한다는?
곧 나올 것 같은
너만바
나만바

커플들이 제일 싫어한다는?
곧 안 나와도 좋은
눈치바

왜
삼촌이 아직도 솔로인 줄 알겠다

엄마, 이젠 제가 친구가 되어 줄게요

엄마는 한때
동민이의 엄마가 아닌
이름 석 자를 가진 박희영이었다

한 남자를 만나
행복의 문을 연 얼마 후
이름은 사라지고
동민이의 엄마로 불려졌다

엄마는 밥 먹을 시간도 없이
아기를 달래고
재우고, 키우고
유치원에 보내고
더러는 밖으로 나가 일을 하기도 하고
단내 나는 지친 몸을 끌고 와
또 집안일 하기를 반복

요즘 엄마는
혼술을 즐긴다

아빠가 출근하고
우리들이 학교 가면
조금씩 쌓였던 외로움
깊어진 우울함에 한 잔 한 잔

우리들이 집에 돌아오면
엄마는 아무렇지 않듯
달그락달그락 가족을 위한
손길이 분주하다

그 사이
찬장 뒤편에 숨바꼭질하듯
자리 잡은 술병
엄마의 눈물처럼
반쯤 고여 있다

제 2 부

나 뒷담화 이렇게 거부한다

한여름

너무너무
무지무지
진짜진짜
엄청엄청
더운 날
가만히 있어도 땀이 줄줄줄 나는 날

내가 개미처럼 작아지던지
아님 수박이 어마어마 커지던지

수박 반쪽 수영장에
아무도 없어 홀라당 옷 벗고 들어가
신나게 물놀이하고
살짝 기대어 소르르 낮잠도 자고
배고프면 빨간 수박 속살도 뜯어먹고
씨앗으로 공놀이를 하거나
동동 수박씨 튜브를 타거나

"아이고, 내가 못 살아.
 밤엔 게임하고 낮에 자고…."

선풍기 틀어 놓고
여름방학 수박 반쪽 먹고
쿨쿨 빠진 낮잠에
엄마 발
내 엉덩이가 마치 수박 반쪽인 것처럼 걷어찬다
순간, 수박 수영장이 날아갔다

아, 덥다

뚱뚱보 아빠와 나

엄마 휴대폰
카카오스토리에
엄마 친구가 올린
몸짱 대학생 아들 사진

어머나, 복근 장난 아니네
빨래판 복근이다
배우 해도 되겠다
완전 모델이다
줄줄 댓글 다는
엄마 보고

당장 세탁기 치우라는
삐친 우리 아빠

빨래판 복근에다
빨래하고 오라고…
전기세도 줄고 좋겠단다

"흥! 대신 며칠 기다리세요.
　줄줄줄
　개미떼처럼
　길게 줄 서서
　온종일 기다려야 할 테니까요."

다이어트 늘 실패 중인 아빠
그리고 나
코끼리 같던 몸
엄마의 화살 한방에
뿅!
콩만큼 쪼그라들었다.

욕심

한 뼘 정도 떨어져서 가던 너와
조심스레 내민 내 손을 잡아준 너
겨울인데도 왜 자꾸 땀은 나는지

그 순간
욕심 하나 생기더라
이다음에
예순 살이 되어도
일흔 살이 되어도
지금처럼 네 손을 꼬옥 잡고
걸어가고 싶은 거

후후~ 가장 큰 욕심인 거 잘 알아
뭐라고?
백 살 될 때까지라고!

툭!
"뭔 생각해?"

그래도 그랬으면 하는
욕심

끊이지 않는 노리

쿨쿨 겨울잠 자던 개구리들
봄날 기지개 켜면
입이 근질근질

여름이 오기도 전에
꾹 참았던 노래
쩍쩍 입 크게 벌려
한꺼번에 노래 부른다

얼마나 참았는지
낮에도
밤에 잠도 안 자고
쉴 새 없이
개굴개굴개굴개굴개굴개굴개굴개굴개굴개굴개굴개굴
개굴개굴개굴개굴개굴

늘 새 학기가 되면
사고쟁이 나 때문에 피곤하신 엄마도
겨울잠이 필요한 듯
쉴 새 없이 나오는
잔소리잔소리잔소리잔소리잔소리잔소리잔소리잔소리
잔소리잔소리잔소리잔소리

같은 장소 다른 느낌

와글와글 카페에
너랑 마주 앉아 있으면
아무 소리도 안 들리고
네 목소리만 들려

와글와글 카페에
같은 반 친구랑 앉아 있으면
친구 목소리는 안 들리고
손님들 목소리만 들려

만능 옷, 트레이닝복

방학 때 집에서
뒹굴뒹굴거리다
친구 만날 때
학원 갈 때도
입고 또 입고
늘 입고 다니는 트레이닝복

만나자는 네 전화에
옷장을 홀라당 뒤져
이 옷 입고 거울 한 번
저 옷 입고 거울 한 번
아, 아까 입은 옷이 더 나은 것 같아
아, 그냥 맨날 입는 트레이닝복이 무난해

숨쉬기 운동만 하고
산에 한 번 안 간 나
그래도 트레이닝복 사랑은 최고다

나 뒷담화 이렇게 거부한다

풍선껌을 씹어
질겅질겅 거리다
쫙쫙
딱딱
그러다가 풍선을 불어
더
더
더

펑!
펑, 펑
터지길 반복해

단물이 빠지고
턱이 아프도록
쫙쫙

그러다
퉤, 하고 뱉어

남자도 표현해 주는 여자가 좋아

늘 알면서도
물어보고 싶고
확인하고 싶고 그래

좋아해!
사랑해!
너뿐이야!

널 만나면서
난 유치해지고 있어
널 피곤하게 만들고 있어

뭐라고?
괜찮다고!

너도 같은데
말을 안 했을 뿐이라고

갑자기 피곤해지려 하네

누군가를 좋아할 때

먼저 가
아냐, 너 먼저 가

아냐, 너 먼저 가
먼저 가

좋아하는 사람의 뒷모습을
오래오래 보는 법
함께 배우게 된다

멍

네 생각으로
늘 멍 때리는 나
학교
학원
집

늘 따라다니는
멍
멍
멍

내 온몸 곳곳
시퍼렇게
멍
들었어

정답입니다

이 세상에서
가장 많은 아름다운 꽃을 길러 내는 사람은?

선생님!

너무 열심히 하는 공부

추석 연휴에 시골 할아버지 댁에 못 갔어요
알짜배기 학원 특강이 있어서요
그것도 선착순이라네요
추석도 대학 합격을 이기지 못하네요

보름달 보고
손주들 보고픔 달래고
어릴 때 길러주신 할아버지와 할머니 그리움 달래고

대학 가면 이런 그리운 시간
곱으로 주는 뭐가 있는 건가?

아, 그보다도
추석, 설날
달력에 연이어진 빨간 숫자에는
특강이 꼬리처럼 붙는 건 아닌지 모르겠어요

동그라미 하나 때문에

할머니랑 함께 간 보리밥 뷔페
우리는 큰 대접에
이것저것 다 담고
또 섭시에 이것저것 다 담고
또 다른 접시에도 수북수북
배불리 먹어보자고

그런데
건너편 벽에
'남기면 5000원 벌금'

할머니와 난 그때부터
맛을 즐기는 게 아니라
고통으로 다가왔다

겨우겨우 다 먹고
나오면서 벽을 보니
'남기면 500원 벌금'

약국에 들러 소화제 사 먹고
이래저래 돈 아끼려다
배만 부른 게 아니라
배가 아파 죽는 줄 알았다

생활의 지혜, 사랑의 지혜

하나
향수 향기를 오래 가게 하려면
뿌리기 전 손목에 립밤을 발라둔대

너와 잡은 손 네 향기 오래 가게 하려면
망설임 없이 씻지 않고 오래오래 견디기지

둘
휴대폰 배터리를 좀 더 빨리
충전하고 싶을 땐 따듯한 곳에서 하면 된대

온몸에 힘이 빠져 아무것도 하기 싫을 때면
그냥 너와 함께 있으면 자동 에너지 충전이지

셋
새 신발을 신을 때 물집이 생길 경우
신발 안쪽 발뒤꿈치 부분에 바셀린을 문질러 주면 된대

처음 너를 만나는 날 쿵쿵 가슴 벌렁벌렁
옷 안쪽 가슴 부분에 바셀린을 문질러 보면 효과 있을
테지

넷
머리카락에 껌이 붙었을 때는
콜라에 몇 분 정도 적셨다가 살살 떼어내면 된대

너를 만난 후 내 몸에 딱 붙은 너의 모든 생각들
욕조 가득 콜라를 붓고 한참 몸을 담가 화악 떼어내면
되겠지

다섯
TV 모니터에 크레파스나 색연필 낙서를 지우려면
물파스를 바른 후 부드러운 천으로 닦으면 된대

너와 멀어진 후 내 가슴에 깊이 페인 네 이름 석 자
물파스 눈 밑에 발랐더니 왜 더 눈물이 왈칵 나지

간격

너와 함께 걸으며 집에 가는 길
부풀어진 달이 아주 동그랗고 크다

늘 너와 걸을 땐
늘 너와 나 사이의 그만큼 떨어진 간격
땅 위의 우리 그림자도 늘 떨어져 있다

오늘은 슬쩍 걸음을 멈춰
한 걸음 뒤, 네 뒤로 가본다

드디어 그림자 두 개가 닿았다
얼굴을 살짝 네 곁으로 기울여본다
그림자가 오래된 친구처럼 보인다

내 마음 안 것일까?
너도 머리를 내 쪽으로 기울이고
떨어진 간격을 점점 좁혀온다

그림자도 우리도 딱 붙었다

질경이

내 이름은 진경이
동생들 데리고 할머니랑 사는 진경이

술고래인 아빠 병원에 입원하고
엄마마저 다른 도시에서 일하고
시골 할머니 작은 집에 다닥다닥 붙어산다

학교 오고 가다 밟아버린 질경이라는 풀
질경이는 길 안쪽으로도 많아
자꾸 밟고 또 밟게 된다
그럴수록 더 꿋꿋하게 자란다

가던 길 멈추고 가만히 앉아
질경이에게 눈 맞춤해본다
밟아도 자꾸 고개 내미는 질경이
그래, 나도
동생들 잘 돌보고 꿈을 키우는
잘 견디고 오래 살 진경이가 되자

질경이 질경이 진경이

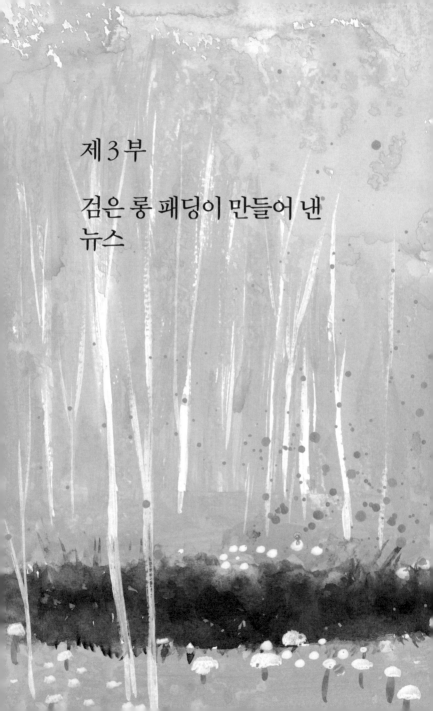

제3부

검은 롱 패딩이 만들어 낸
뉴스

느리게

무조건 빨리빨리
앞서가야만 하는
1등이 최고라지만
한 번쯤 달팽이가 되어
느릿느릿 가는 건 어때?

비가 오면
우산 없이 비를 맞는 건 어때?
비가 몸을 두드리는 가락
온몸으로 적셔드는 느낌

그냥 지나쳐 버렸던 것들
그냥 잊고 간 것들
새롭게 다가올 테니
더 소중할 테니

이담에 두 눈 감을 때
어쩜 느리게 갈 때 가슴에 담은 것이
인생의 최고 1등일지도 몰라

엄마의 변천사

아들 셋 둔 우리 엄마

한때는 코스모스 같은 여자였대요
코스모스를 한참 쳐다봤어요
아빠 눈에만 그렇게 보였던 거 아니었을까?

아, 또 들꽃 같은 여자였대요
들꽃을 머리에 아빠가 꽂아줘서
그래서 그랬을까?

키도 작고
얼굴도 예쁘고
그것에 어울리게 목소리도
아주 작고 새소리 같았대요

형 둘과 나 키우면서
높인 목소리
득음의 지경
판소리 해도 되겠다는 엄마
과정은 몰라도
판소리는 딱 어울릴 듯싶어요

엄마, 그럼 돈 벌지 마

집에 오는데
부동산 사무실에서 나오는
어떤 아줌마와 아저씨의 목소리

돈을 벌려면
역시 땅을 사야 한다며
땅, 땅, 땅…
뭐라 뭐라 말씀하신다

집에 오자마자 엄마한테
돈 벌려면 땅을 사야 한대
아, 돈을 땅에 묻어야 한다고 했다

"뭐! 돈을 묻기 전에
 내가 먼저 묻히겠다."

담배 이야기

어른들에게 물어보면

답답해서 피운다고
힘들어서 피운다고

그럼 우리도 한 번쯤 피우고 싶은 담배

집에서 학교로 다시 학원으로 그리고 집으로, 공부하고
시험 보고 또 공부하고 시험 보고
늘 헉헉! 이어달리기

뻑뻑뻑
담배의 구름 연기처럼
한 번쯤 가벼워지고 싶은 몸과 맘

검은 롱 패딩이 만들어 낸 뉴스

오늘의 마지막 뉴스를 말씀드리겠습니다 따뜻한 봄이 되면서 청소년들을 둔 부모들의 휘어졌던 등골이 조금씩 펴진다는 반가운 소식입니다 마치 땅을 뚫고 올라온 연둣빛 새싹처럼 말입니다

지난겨울은 온통 까마귀 떼로 가득했습니다 낮이나 밤이나 가리지 않은 까마귀 떼 때문에 혹시 거리나 학교가 검게 변하면 어쩌나 걱정하시는 분들 많았을 텐데요, 다행히 그런 사태는 일어나지 않았습니다 대신 많은 가로등은 빛을 내기 위해 다리에 꽉 힘을 주다가 쥐가 나는 경우가 속출했습니다 이번 까마귀들의 특징은 아주 아주 긴 털과 날개를 가져 춥지 않았다고 합니다 대신 긴 날개를 한꺼번에 퍼덕일 때면 주변 어른들은 얼마나 추운지 마음까지 꽁꽁 얼 정도였다고 합니다 특히 청소년들을 둔 부모들은 몸이 웅크려져 점점 등골이 휘는 이상 현상을 보였습니다 몇몇은 눈물 콧물이 바람에 날아가 덕지덕지 휘는 등골에 얼어붙었다고 합니다 이런 비슷한 현상은 몇 년 전에도 있어 등골이 휜 부모들을 볼 수

있었습니다 하지만 지난겨울은 예전보다 흰 강도가 셌습니다. 게다가 연이어 두 번의 등골이 휘어진 채 숨이 막힌 부모들은 낙타 등이 되면 어쩌나 수차례 등을 만져 보았다고 합니다

아, 방금 들어온 속보입니다 봄이 되면서 그 많던 까마귀 떼가 일제히 사라졌다고 합니다 긴 까만 털가죽을 홀라당 벗어 놓고 말입니다. 그런데 이 까만 털가죽을 등골이 휘었던 부모들이 소중하게 가져갔다고 합니다 어쩌면 이 부모들은 몇 년 뒤 까만 털가죽을 단체로 입고 나오지 않을까 예상됩니다 또 한 번 찾아올 캄캄함에 미리미리 대비책을 준비해 두는 것도 생활의 지혜가 아닐까 싶습니다 뉴스 마치겠습니다 고맙습니다

성격 바닥 나

2학기 기말고사 전날
문제집 풀고
또
풀고
풀고

감기까지 걸려
코 풀고
또
풀고
풀고

손도 힘들고
코도 힘들고
점점 걱정에
머릿속만 엉키고
또
엉키고

엉키고

모처럼
마음먹은 벼락치기
바닥치기한테
슬슬 밀림에
아까운 시간이 엉키고
또
엉키고
엉키고

담배 연기 도넛이

공부도 힘들고
앞으로 뭐하면 좋을지
답답했다는 아빠
아무도 몰래 숨어서 피웠다던 담배

담배 연기로 도넛 만들기 선수였다던 아빠
허공에 흩어지는 담배 연기 도넛
빙글빙글 빙글빙글

회사도 다니고
공사장도 다니고
그러다 작게 시작한 도넛 가게
점점 맛있는 도넛 집으로 소개돼
가게 문 열 때부터 줄 서는 사람들

고등학교 때 담배 피우면서 만들던 연기 도넛
그때 담임선생님한테 걸려
종아리 무진장 맞았다는 아빠
지금은 스승의 날마다 도넛 한 아름 안고
꼭 담임선생님 찾아가 큰절부터 올린다

의미를 달고 싶은 날들

참 좋은 봄날이다

하늘의 아이스크림 구름
한 주걱 푹 퍼다
컵에 담아
도서실에서 공부하다
잠깐 햇살 쬐러 나온 너에게
등 뒤에 숨겼다가 내밀고 싶다

맑게 흘러가는
물도 한 컵 담아
가끔 공부에 지친 너에게
물소리도 함께 담아 주고 싶다

그러다 그러다
봄비라도 내리는 날이 찾아오면
우산 없이 너를 만나러 가고 싶다
우산 같은 너의 존재를
다시 한 번 느낄 수 있는
내 푸른 나이를 기억하고 싶다

백합꽃

시골에서 혼자 사시는
허리 꼬부라진 외할머니

무남독녀 엄마가
어릴 때부터 좋아하는 백합꽃
장독대 옆에서 키워
해마다 잊지 않고 한 아름 꺾어 오신다

버스 몇 번 갈아타며
버스마다 백합 향기 조금씩 나눠 주며 오신다

그러다 올해는 오실 수 없는
돌아가신 외할머니

엄마랑 함께 간 시골 빈 집
백합 향으로 가득 찼다
하늘에서 우리 외할머니
장독대 백합꽃 보시고 두 손 허전하실 거다

말 한 마디의 힘

밥 잘 먹어
약도 꼭 챙겨 먹고

아픈 것 싸악 나았다

밥 안 먹고
약 안 먹고
너의 한 마디 말만

귀로 먹었는데

잘 나온 사진

잘 나온 사진
엄마도 아빠도
자식을 몰라보는 뽀샵 사진

잘못 나온 사진
엄마도 아빠도
금방 자식을 알아보는 사진

잘 나온 사진
단체 사진 속 모두 눈 감아도
나만 눈 동그랗게 뜬 사진

잘못 나온 사진
단체 사진 속
다 잘 나와도
나만 눈 감고 나온 사진

엄마의 눈

엄마가 많이 아프시다

결혼하고 7년 만에 힘들게 나를 낳았다는 엄마
내 생일날이면 며칠 전부터
끙끙 앓는 엄마, 그것도 거의 해마다

택시 타고 병원 가는 날
처음으로 엄마를 업고 밖으로 나가 택시에 태워드렸다

사진첩에는 엄마가 날 업어 주는 사진이 가득한데
처음으로 업은 아픈 엄마
두 눈이 자꾸 뜨거워져
애써 눈에 힘을 주었지만
나도 모르게 굵은 눈물이 툭툭 떨어졌다

시장 통에서 과일이랑 채소 팔던 엄마
평생소원이 지붕 달린 가게를 갖는 것
얼마 전 그 소원을 이루었지만 문 닫힌 가게

평생 싱싱한 것만 팔던 엄마
그럴수록 엄마 몸은 시들어가는 채소나 과일처럼
푸석푸석 쪼글쪼글해졌다

택시 안에서 엄마가 닦아주는 내 눈물
엄마의 손이 오래전
장날 시든 잎 떠낸 무청 두어 줄기처럼
힘없이 축 늘어졌다

눈 내리는 밤

너를 보지 못하고
한참이 흘렀어

나도 모르게
눈물이 떨어졌어
공책에

빨간 사인펜으로
눈물 모양을 따라 그었어
붉게 눈물이랑 번졌어

하얀 공책에
붉은 꽃잎이 한 장 내려앉았어

호~ 불면
너에게 날아갈 것 같은 꽃잎

창밖엔 여전히
하얀 눈이 내리고 있어
눈발이 아주 굵어졌어

매운 것 잘 먹는 나

동네 목욕탕에서 작년 담임샘을 만났다
선생님 등을 밀어드렸더니
괜찮다는 데도 내 등을 밀어주신다

뻑뻑
빡빡
큰 잎사귀만 한 연두색 때타올로 문지른다

조금 쓰라리고 아팠다
몇 년 전 돌아가신 아빠 생각에
더

목욕탕 나와서
선생님과 함께 간 중국집

매운 짬뽕 먹는데 땀도 나고
쓰윽 조금 눈물도 났다

매워서 나는 눈물이 아니다
아빠 생각이 나서다

뻑뻑
뻑빡
문질러도 지울 수 없는 아빠의 그리움에
선생님 그리움도 들어갔다

오리

늘 허둥지둥 지각대장
선생님한테 걸려 오리걸음

가끔 내가 전생에 오리가 아니었나?
뒤뚱뒤뚱 뛰어난 실력

오늘은 마음먹고 일찍, 남들보다 아주 일찍
학교에 갔다
너무 일찍 온 탓인지 아무도 안 보인다

헐! 개교기념일
헉! 털썩
자동 오리가 됐다

방학 ㅅ!각

염색 탈색
드라이로 쫙쫙
뽑힐 정도로 잡아당김

개학
다시 검은색 머리로 염색

거울 속 내 머리
긴 막대기 하나에 묶으며

빗자루
딱이다

제4부

농구 선수 될 거 같은 기분 팍!

극장 화장실

봄방학
시내 극장 화장실
새로 산 옷 들고
칸칸이 들어가 갈아입는다

너무 작아
난 괜찮아
너무 커

화장실에서 나와
거울 앞에 선 우리들

딱 맞네
야, 잘 어울린다
조금 크네

단체 탈의실로 변신
우리들이 애용하는
극장 화장실

영화는 안 보고
거울만 보고 오지요

컵라면 1

소방관인 우리 아빠
차에는 늘 컵라면이 한 꾸러미씩 있다

사이렌이 울리면
내 마음도 울린다

식사 제대로 못하고
화제 현장에 출동한 우리 아빠
하늘로 치솟는 검은 연기
붉은 혀 널름 거리는
불을 모두 끈 뒤

한쪽 옆에서
쪼그리고 앉아 드시는 컵라면

겨울이면 많은 스트레스와
식사 시간 제 때 못 지켜
위장약 달고 사는 아빠

아무렇지도 않게 먹던 컵라면
컵라면 먹을 때마다
속이 맵다, 쓰리다

컵라면 2

아빠가 드시고
채 버리지 못한 컵라면과 젓가락

싹싹 물에 헹궈
햇볕에 잘 말렸다

흙을 담아
아주 작은 선인장 하나를 심었다

얼마 후 점점 자란 선인장
뾰족 가시를 세웠지만
안에는 물컹, 물을 담았다

우리 아빠 몸도
물컹, 삶의 무게를
혼자 지느라 힘듦이 고여 있을 듯

아빠의 오래된 책상 위에
선인장 담긴 컵라면을 올려놓는다

따끔, 선인장 가시에 찔린 것처럼
아릿하다

물컹 아빠

하얀 와이셔츠에
밝은 넥타이를 매던 아빠

몇 개월 전부터
공사장으로 가신다

한여름 집으로 돌아오시면
작업복에 얼룩지게 배인 소금기
내 가슴도 얼룩진다

씻을 때 질통을 맨
어깨 위로 난 붉은 끈 자국
내 가슴도 훅, 깊은 선하나 생긴다

엄마가 쌍둥이인 형과 나를 낳고
얼마 후 다른 세상 사람이 되었다

아빠는 겨우 걸음마를 시작하는 형과 나를
마치 물꿩 수컷이 알을 품듯
온몸으로 품어 키웠다

별들이 맑게 빛나는 밤
물기 배인 물꿩 아빠의 눈이 빛난다

나를 울린 3만 원 – 선배님 고마워요

갑자기 껑충 자란
아빠랑 둘이 사는 나
교복이 작아져 은근 신경이 쓰였다
졸업하는 미술부 선배가
툭, 던져준 쇼핑백
순간, 고마움보다 자존심이 상했다
쿡, 쳐 박아 놓고 있다
정말 작아진 교복에
어느 날 꺼내 입은 선배가 준 교복
깔끔하게 세탁까지 하고
꼼꼼하게 단추 하나하나 다시 단 교복
다 입고 거울 앞에 섰다
아무 생각 없이 주머니에 손을 넣었는데
손에 잡힌 봉투 하나

선배가 쓴 쪽지
힘내라고, 꼭 꿈을 이루라고
언제가 친구한테 들은 선배의 형편
어려워져 그림을 포기할까 말까 했다는데

졸업식 다음다음 날 내 생일
미리 맛있는 거 사 먹으라며
함께 넣은 돈 3만 원

주방 냄비에 올려놓았던 라면
입천장 벗겨지도록
한꺼번에 먹었다
그래도 뜨거움이
눈물을 막지 못했다

검정고시 준비하는 나

겨울 내내 쉼 없이 알바를 한다
그래야만 살 수 있으니까

대문에다
전봇대에다 전단지 붙이기
저녁이면 오토바이로 음식 배달하기

그러다 배달 간
달빛 아파트 1004호
배달통에서 음식을 꺼내다 마주친 사람
중학교 때 같은 반 여자 친구
늘 조용하던 그림을 잘 그리던 아이

다시 빈 그릇 갖으러 갈 때
깨끗이 설거지 해 놓은 그릇 옆에 장갑 하나

현관으로 내려와 오토바이 타기 전
무심코 올려다본 10층
그 애가 살짝 손을 흔들며 서 있다

친구가 준 장갑을 끼고 손을 흔든다

농구 선수 될 거 같은 느낌 팍!

드디어 우리 여중에도
멋진 남자 교생 샘들이 오셨다

그냥 지나가기만 해도
연예인 느낌 물씬
멀리서 휴대폰으로 찍으면
화보 느낌 물씬

"교생 샘들 농구한대."
한 친구의 정보에
우리들은 우르르 농구대 옆에 미리 자리 잡는다

마침 인원이 한 명 부족하다고
얼떨결에 옆에 있던 나에게
농구 같이 하자는 교생 샘

당근 당근 왕당근
그걸 기다린 나
친구들의 부러움을 안고
신나게 한 농구 파티(?)

농구가 이렇게 재미있을 줄이야
점심시간 끝나고
5교시 종소리 꿈결처럼 들려온다

마음으로 찍은 사진

토요일 오후
졸업하기 전 추억을 남기자며
친한 친구 일곱 명이랑 한 약속
바로 시내에서 사진 찍기

엄마 아빠 외출하고
동생도 도서관 가고
빈집 거울 앞에서
변신을 시작한다

톡톡톡, 죽죽죽
윙윙윙, 툭툭툭

화장을 하고
다른 날보다 더 찐하게
입술도 아주 빨갛게
머리도 친구한테 빌린 고대기로
지지직– 탈 번한 머리를 간신히 손질하고

몰래 엄마 뾰족구두까지 신는다
아, 좀 더 높은 굽이면 더 커 보일 키
아, 조금 아쉽지만 거울 속 나
걸그룹 급으로 변신

선글라스 끼고 우리 집 근처에 사는
친구 세 명이랑 시내 사진관에 도착할 때쯤

저 멀리서 점점 다가오는
우리 학교
학생 주임 선생님
우리는 로봇처럼 뒤돌아서서
뾰족구두를 벗어 손에 쥐고
정신없이 뛰기 시작
겨우 작은 골목에 숨어 헉헉, 숨을 몰아쉰다

서로 마주 보며 터진 웃음
정신 나간 헝클어진 머리에
입술은 피에로
눈은 판다
사진은 못 찍었지만
그보다 더 좋은 추억 하나씩 마음에 찍었다

사탕

아침 조회시간 바로 전 쓴 약을 먹고
얼른 사탕 한 알을 입에 물었다

물고만 있는다는 게
나도 모르게 입안에서 동글동글
굴리고 말았다

그러다 선생님과 눈이 딱 마주쳤다
깜짝 놀란 내 눈은
왕방울 사탕처럼 커지고 말았다

이따 교무실로 따라오라는 선생님 말씀
달달한 사탕이
약처럼 썼다

교무실로 가 선생님께 사정 얘기를 했지만
선생님 표정은 쓴 약을 먹은 것처럼
일그러졌다

다음 날 아침 일찍
선생님 책상에 회오리 왕사탕을
올려놓았다

포스트잇에
선생님, 달달한 하루 보내세요, 홧팅!
메모를 남기고

오늘 선생님과 눈이 마주치자
선생님 웃는 눈이 왕방울 사탕이 되어
2초 정도 머물렀다 갔다

야호!
오늘은 쓴 약을 먹고
입안에 사탕도 없는데
참 달달하다

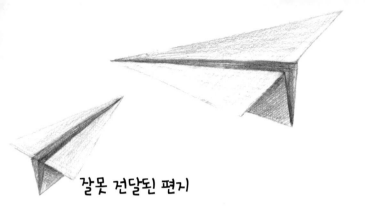

잘못 전달된 편지

좋아하는 여학생이 드디어 미술실에서 중앙현관으로 나
왔다
미술실에서 그림을 그리다
혼자 집으로 가는 것이다

속으로만 키웠던 마음
빳빳한 종이에 편지로 담았다

좋아하는 여학생이 드디어 중앙현관에서 우리 교실 아
래쪽으로 오기 직전이다

3층 교실에서 마음 담은 편지를
종이비행기로 접어 있는 힘 다해 아래로 날렸다
오, 여학생 앞으로 가기 직전이다
가슴이 진짜 벌렁벌렁거리다 정신이 몽롱해지려고 한다

그때, 종이비행기가 빙글 돌아 갑자기 나타나신 체육 선
생님 머리를 딱 쳤다
하필이면 대머리인 체육 선생님 머리를
선생님의 외마디 비명이 운동장을 울리고 내 가슴을 콰
악– 찔렀다

가슴이 진짜 울렁울렁거리다 온몸에 힘이 쪼옥 빠졌다

선생님의 센스

교복만 입다가
소풍날 사복 입기

소풍 전날 시내에 나가
이 옷 저 옷 구경하다
요즘 유행한다는 옷
거금 질렀다

소풍날 아침
나랑 같은 옷 입은 친구들이
점점 늘어난다
제2의 교복이 되었다

"너희들 오늘 공연 준비했니?"
 선생님의 말씀

잘 나가는 걸그룹 노래
한 곡 뽑아야 되겠다
멋진 춤과 함께

꿈꾸는 건가?

나 혼자 마음속으로
좋아하는 우리 아파트 아래층 사는
고등학생 누나가
자전거 타고 심부름 가는 나를 보더니
버스정류장까지만 잠깐 태워다 달란다

쿵덕쿵덕거리는 마음 들킬까
화끈거리는 얼굴 들킬까
일부로 공사하느라 파 놓은
울퉁불퉁
작은 웅덩이 쪽으로 간다

순간, 누나가 내 허리를 꼭 잡는다
쿵, 내 심장 떨어졌다
스르르 다리에 힘이 다 풀렸다
그다음부터는 생각이 안 난다

팬티 꽃

며칠 째 내리는 비
빨래가 쌓였다

드디어 멈춘 비
고개 내민 반가운 해님

2층 집, 자취생 2년 차
세탁기 돌려 왕창 빤 옷

두 줄인 빨랫줄 겉 줄엔 바지와 티셔츠를
그리고 안 줄에 맘먹고 산
빨간색 야한 팬티 두 장을 널었다

외출했다 돌아왔는데
갑자기 분 강풍에
팬티 한 장이 홀라당 날아가
옆집 마당 한쪽 수수꽃다리 나무에
딱 걸렸다

찍기

남녀공학 우리 학교
화단에 코스모스가 한창이다

코스모스 사이에서 여자 애들이 사진을 찍는다
지나가는 나에게 사진은 내가 제일 잘 찍는다며 찍어 달
란다

폼 나게 사진을 찍으려 할 때
호들갑 떨며 웃던 지인이가
쟤는 찍는 건 도사인데
도통 시험문제는 잘못 찍어

까르르르 까르르르
코스모스 사이로 웃음이 흩어진다

자— 우리 공주님들 완전 멋져요
휴대폰으로 찰칵찰칵 친구들 모습을 담는다

얼굴 자르고 목 아래부터 찍었다
얘들아, 멋진 추억이 될 사진
나 간 다음 사진 확인해, 훗훗

혼자 있는 날

며칠 전 본 시험 때문에 우울하다
가만히 손으로 내 겨드랑이를 간질였다
웃음이 나올 줄 알았는데
눈물이 나온다
조금 있다
웃음이 나는데 또 눈물이 나왔다

거울 속의 내가 너무 이상해
그냥 웃음이 나온다

동시에 웃으면서 운다

울다가 웃으면
어디 어디에 털 난다고 하는데
이럴 땐 어떻게 되는 거지?

순간, 픽, 진짜 웃음이 새어 나왔다

연상의 여자와 연하의 남자

내가 다니는 학교는 여고
우리 학교 담을 사이에 두고
건너편에는 남자 중학교

연하의 남자
연상의 여자

가끔씩 마음에 드는 연상이 있으면
뺑~ 중학교에서 축구공을
우리 학교로 찬다

우리도 질 수 없다
가끔씩 아주 가끔씩
심쿵, 거리는 연하가 보이면
슝~ 비행기를 접어 날린다

그러다
통! 하면
축구공과 종이비행기 몸을 통해
오고 가는 대화

그러던 어느 날
더 이상 연하의 남자
연상의 여자는 통하지 않았다

하루아침에 낮은 담장이 높은 벽돌담이 되어
아주 아주 키가 높아졌다
대신 담에 아주 작게
애끓는 마음의 낙서가 늘어나기 시작했다.

시 김경구

사과 향 폴폴 나는 충청북도 충주에서 태어났어요. 아파트에 살다 지금은 뽕나무와 감나무가 있는 작은 동네 골목집에 살고 있어요. 덕분에 새소리와 풀벌레 소리를 듣고 있고요. 창문을 열면 엽서만 한 감잎과 손끝에 노을빛 감이 닿기도 하고요.

1998년 충청일보 신춘문예에 동화가, 2009년 사이버중랑신춘문예에 동시가 당선되어 작품 활동을 시작했어요. 라디오 구성 작가, 동요 작사가로 활동하면서 신문에 글도 연재하고요.

지은 책으로는 청소년 시집 〈옆에 있어 줘서 고마워〉, 시집 〈우리 서로 헤어진 지금이 오히려 사랑일 거야〉, 〈눈 크게 뜨고 나를 봐 내 안의 네가 보이나〉, 〈가슴으로 부르는 이름 하나〉, 〈슬프면 슬픈 대로 기쁘면 기쁜 대로〉, 〈바람으로 불어온 그대 향기 그리움에 날리고〉, 동시집 〈꿀꺽! 바람 삼키기〉, 〈수염 숭숭, 공주병 우리 쌤〉, 〈앞니 인사〉, 〈사과껍질처럼 길게 길게〉, 동화집 〈방과후학교 구미호부〉, 〈와글와글 사과나무 이야기길〉 등이 있어요.

그린이 이효선

대학에서 식품영양학을 전공했고, 요리&미술 강사로 활동하고 있어요. 〈바퀴벌레 등딱지〉, 〈맛있는 동의보감〉, 〈반찬 하는 이야기〉와 충북일보 연재물 '절기 밥상'에 삽화를 그렸어요.